DEIN CODEWORT

Hf4Spinne7S

Weitere Abenteuer auf:

www.thienemann.de/CodewortRisiko

Gib deinen persönlichen Geheimcode ein
und erlebe die spannende Welt von
Codewort Risiko!

CODEWORT RISIKO

Fabian Schiller

Im Netz der
schwarzen Spinne

Mit Bildern von Eilika Mühlenberg

Thienemann

Fabian Schiller ist ein Autor der AVA international Autoren-
und Verlagsagentur Herrsching.
(www.ava-international.de)

Schiller, Fabian:
Im Netz der schwarzen Spinne
ISBN 978 3 522 18261 4

Reihengestaltung: init.büro für gestaltung, Bielefeld
Einband- und Innenillustrationen: Eilika Mühlenberg
Rätsel (Konzeption): Anja Lohr
Schrift: ITC Stone Sans, Kosmik
Satz: KCS GmbH, Buchholz/Hamburg
Reproduktion: Medienfabrik, Stuttgart
Druck und Bindung: Friedrich Pustet, Regensburg
© 2011 by Thienemann Verlag
(Thienemann Verlag GmbH), Stuttgart/Wien
Printed in Germany. Alle Rechte vorbehalten.
5 4 3 2 1°   11 12 13 14

www.thienemann.de

Inhalt

Die giftigsten Krabbler der Welt

Der Himmel war strahlend blau und die Sonne gleißend hell. Wie an den meisten Tagen in Australien. Staubwolken wirbelten hinter Sam auf, als er mit seinem Fahrrad über eine einsame Straße sauste. So weit seine Augen reichten, gab es nur braunrotes Hügelland mit vereinzelten Sträuchern und Bäumen. Sam war auf dem Weg zu seinem besten Freund Mike, der außerhalb der Stadt auf einer Farm lebte. Nicht einmal ein Bus fuhr in diese abgelegene Gegend. Ein bisschen unheimlich fand Sam es schon hier draußen. Besonders, wenn der Wind das trockene Gras rascheln ließ oder er aus der Ferne das Bellen eines wilden Hundes hörte. So wie jetzt.

Sam trat noch fester in die Pedale. Dabei war es heute so heiß, dass ihm der Schweiß in Strömen über das Gesicht lief. Aber das war ihm egal. Er freute sich auf jeden Besuch bei Mike. Sein bester Freund wohnte auf einer ganz besonderen Farm: einer Spinnenfarm. Und Mikes Eltern hatten den irrsten Beruf der Welt. Sie molken die Spinnen. Nicht irgendwelche, sondern nur die giftigsten, gefährlichsten und tödlichsten Spinnen der Welt. Und da vorne war ja auch schon die Abzweigung.

Sam bog mit dem Rad von der Straße ab, doch im nächsten Moment wäre ihm vor Schreck fast das Herz stehen ge-

blieben. Auf einmal war hinter ihm ein Lärm, als rase eine ganze Lkw-Kolonne auf ihn zu. Wildes Gehupe, quietschende Reifen, dröhnende Bässe. Sam bekam Panik. Er warf einen Blick über die Schulter, als auch schon ein olivgrüner Jeep an ihm vorbeischoss. Sam erschrak so heftig, dass er ins Schlingern geriet und zu stürzen drohte. In letzter Sekunde fand er das Gleichgewicht wieder und bremste ab.

»Blödmann!«, rief er dem Fahrer wütend hinterher. Dann hüllte der aufgewirbelte Staub ihn auch schon ein. Hustend und mit zusammengekniffenen Augen starrte Sam dem rasch kleiner werdenden Auto hinterher. Er hatte es noch nie zuvor hier draußen gesehen. Merkwürdig. Aber in wenigen Minuten würde Sam wissen, wer ihn fast überfahren hätte. Die Holperstraße endete nämlich direkt vor der Spinnenfarm.

Die Farm war wirklich ziemlich beeindruckend. Es gab ein großes zweistöckiges Wohnhaus. Gleich daneben stand ein moderner Flachbau. Dort hielten und züchteten Mikes Eltern die Spinnen. Mehr als 40 000 Stück. Der Hammer! Sam zischte an einem Gewächshaus vorbei, in dem es summte und brummte, als hätte man einen kleinen Wirbelsturm darin eingefangen. Futterinsekten für die Spinnen. Dann entdeckte er den olivgrünen Jeep. Sam rümpfte die Nase und schaute sich nach dem Besitzer um. Aber weit und breit war niemand zu sehen. Als Sam scharf mit dem Fahrrad abbremste, spritzten kleine Steinchen gegen die Tür des Jeeps. Das hatte der Fahrer nun davon, dass er ihn fast überfahren hätte.

»Hallo, Sam. Wie geht es dir?«

Sam schaute überrascht auf, er grinste. Sally war auf die Veranda getreten.
Sie hatte langes kastanienbraunes Haar
und war total hübsch. Erst vor ein paar
Monaten war sie auf die Farm gezogen,
um Mikes Eltern bei der Arbeit im
Haushalt und mit den Spinnen zur Hand
zu gehen.

»Ich habe hier ein Glas selbst ge-
machte Limonade für dich«, sagte Sally.

Sams Grinsen wurde noch breiter. Er
nahm das Glas und trank es in einem

Zug leer. »Aaah, das hat gut getan! Vielen Dank. Weißt du, wo Mike ist?«

»Er ist bei seinem Vater im Labor«, antwortete Sally lächelnd. »Heute soll doch die Schwarze Witwe gemolken werden!«

INFO
Viele Menschen glauben, dass Spinnen Insekten sind. Das ist jedoch nicht richtig. Spinnen gehören zu den Spinnentieren. Genau wie Weberknechte, Skorpione, Milben und Zecken. Spinnentiere erkennt man daran, dass ihr Körper aus zwei Teilen besteht: Kopfbrustteil und Hinterleib. Außerdem haben sie als ausgewachsene Tiere immer acht Beine. Insekten dagegen haben nur sechs Beine und ihr Körper ist dreigeteilt (Kopf, Brust und Hinterleib).

! • INFO

Die Spinnen sind los!
Welche zwei Spinnen sehen
genau gleich aus?

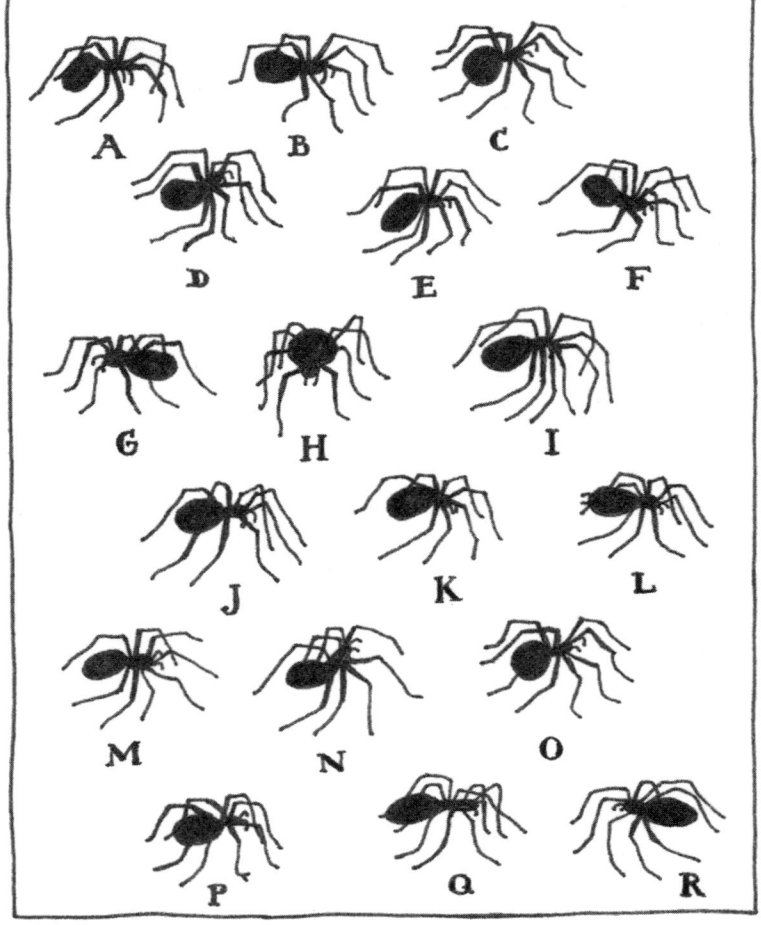

Die Schwarze Witwe

Sam stürmte auf den Flachbau zu, in dem Mikes Eltern nicht nur die Spinnen hielten, sondern in dem sich auch ein hochmodernes technisches Labor befand. Für Sam gab es nichts Faszinierenderes als Spinnen. Manche waren winzig klein wie Murmeln, andere groß wie Teller. Einige völlig unscheinbar, andere mit grellen Warnfarben ausgestattet.

Sam betrat einen langen Flur mit vielen Türen. Später würde er auch einmal eine Spinnenfarm haben. Mit dem Gift der Tiere konnte man nämlich richtig viel Geld verdienen. Ein einziger Tropfen davon war Tausende von Dollar wert. Die Forscher glaubten, dass man mit Spinnengift in der Zukunft viele schreckliche Krankheiten heilen könnte. Darum waren sie auch bereit, so viel dafür zu bezahlen.

Sam hatte die Tür am Ende des Flurs erreicht. Dahinter lag ein schneeweißer Raum, der wie ein Arztzimmer aussah. Darin standen ein Tisch mit einem riesigen Mikroskop, Aktenschränke und ein Regal mit unzähligen kleinen Behältern, in denen sich die verschiedensten Spinnen tummelten.

Ein blonder Junge und ein großer grauhaariger Mann drehten sich überrascht um.

»Hey, Mike!«, rief Sam. »Habe ich es noch rechtzeitig geschafft?«

Mike winkte ihn zu sich. »Wir haben schon auf dich gewartet.«

»Hallo, Sam«, begrüßte ihn Mikes Vater freundlich.

»Guten Tag, Professor.«

»Wir wollten gerade anfangen.« Mike hielt ein Glas hoch, in dem eine schwarze Spinne mit dreizehn roten Flecken lauerte.

Sam beugte sich neugierig vor. Sofort schoss die Spinne angriffslustig vor. Sam zuckte zurück. »Puh, die ist aber sauer!«

»Das ist eine Schwarze Witwe aus Afrika«, erklärte der Professor. »Lasst euch von der bloß nicht beißen!« Er zwinkerte den Jungen zu.

Sam durfte heute zum ersten Mal dabei zusehen, wie eine Giftspinne gemolken wurde. Als Erstes verteilte der Professor Handschuhe, die sie anziehen mussten. Anschließend wurde die Spinne mit einem Gas betäubt. Sobald sie reglos auf dem Boden des Glases lag, durfte Mike sie mit einer Pinzette herausholen.

»Ganz vorsichtig«, ermahnte ihn sein Vater. »Wir wollen sie ja nicht verletzen.«

Gleich darauf machten sie sich daran, die Spinne zu melken. Dazu stülpten sie ein kleines Gefäß über eine Kieferklaue der Spinne. Am Ende war das Röhrchen mit einer klaren Flüssigkeit gefüllt. Pures

Spinnengift. So wertvoll wie ein Klumpen Gold. Anschließend setzte Mike die Schwarze Witwe behutsam zurück in ihr Glas und schraubte sorgfältig den Deckel darauf.

»Stell dir nur vor, die würde ausbrechen und ich wache morgen früh mit dem Vieh auf der Nase auf.« Mike schüttelte sich.

»Mann, dein Gesicht würde ich gerne sehen«, witzelte Sam.

In diesem Moment ging die Labortür auf und Mikes Mutter kam herein. Eine große blonde Frau, die Sam freundlich

zunickte. Bei ihr war ein junger Mann. »Das ist Joshua«, stellte sie ihn vor. »Er ist Medizinstudent und wird ein Praktikum bei uns machen. Darum wird er auch ab sofort bei uns wohnen.«

Sams Miene verfinsterte sich. »Gehört dir etwa der Jeep da draußen?«

Joshua sah ihn überrascht an und grinste dann. »Ja. Coole Karre, oder?«

Sam schnaubte ärgerlich. »Du hättest mich vorhin fast überfahren!«

»Ach so, du warst das«, sagte Joshua.

»Tut mir leid, ich hab dich echt erst im letzten Moment gesehen.« Er verwuschelte Sam das Haar. »Wird nicht wieder vorkommen, Kleiner. Versprochen!«

Sam funkelte ihn wütend an. Er hasste es, wenn man ihn Kleiner nannte.

INFO

Schwarze Witwen gehören zu den giftigsten Spinnen der Welt. Ihr Name kommt daher, dass das größere Weibchen das kleinere Männchen direkt nach der Paarung manchmal auffrisst. Die Schwarze Witwe ist sehr verbreitet. Sie kommt in Amerika, Afrika, Asien, Australien und Südosteuropa vor. In Deutschland gibt es sie zum Glück nicht, da sie wärmere Gegenden bevorzugt. Wer von einer Schwarzen Witwe gebissen wird, braucht schnellstmöglich das Gegengift. Andernfalls kann man an dem Gift sterben.

INFO **!**

Welches Lösungswort erhältst du?
Setze die Buchstaben zusammen.
Die durchgestrichenen Buchstaben darfst
du nicht verwenden.

Überraschung!

Eine Woche später war Mikes Geburtstag. Sam war wegen der Feier fast genauso aufgeregt wie sein bester Freund. Mikes Vater hatte den Jungen nämlich eine Überraschung für diesen Tag versprochen.

»Happy Birthday!«, rief Sam fröhlich und überreichte Mike sein Geschenk.

Gespannt riss dieser das knisternde Papier auf. »Cool, *Monsterspinnen III* für meinen Nintendo DS! Genial! Danke, Sam.«

»Wo ist denn Joshua?«, fragte Sally,

die gerade den Kuchen verteilte. »Feiert er nicht mit?«

Mikes Mutter seufzte. »Joshua füttert immer noch die Spinnen. Er ist langsam wie eine Schnecke.«

»Komischer Typ«, murmelte Sam, der ihn überhaupt nicht leiden konnte.

»Was ist denn jetzt mit der Überraschung, Paps?«, wollte Mike wissen.

Sein Vater lächelte ganz geheimnisvoll. »Erst essen wir den Kuchen, dann verrate ich es euch.«

Sam verschlang das Stück Geburtstagstorte in einem Affenzahn. Mike war genauso schnell.

Der Professor lachte. »Also schön, Jungs, dann will ich

euch nicht länger auf die Folter spannen. Heute geht es auf große Expedition in den Regenwald.«

Sam und Mike starrten ihn mit offenen Mündern an.

»Ihr habt richtig gehört«, fuhr der Professor unbeirrt fort. »Das Krankenhaus hat eine größere Menge Trichternetzspinnengift bestellt, um daraus ein Antiserum zu machen. Hier habe ich aber zu wenig Spinnen, deswegen muss ich noch ein paar fangen und ihr beide dürft mit mir kommen.«

»Oh, wow!«, stieß Sam hervor. Bisher hatte Mikes Vater ihnen nie erlaubt, mit auf die Spinnenjagd zu gehen. Was für ein wahnsinnig cooles Geburtstagsgeschenk!

»Aber seid gewarnt, Jungs!« Der Professor hatte den Zeigefinger erhoben.

»Die Trichternetzspinne ist eine der giftigsten Spinnen der Welt. Ihr werdet also ganz genau tun, was ich euch sage. Verstanden?«

»Versprochen!«, riefen Sam und Mike wie aus einem Mund und grinsten sich breit an.

»Na dann – los geht's!« Mikes Vater stand auf, drehte sich aber noch einmal zu den anderen um. »Ach, Sally, ich vermisse eine Ampulle mit Braunspinnengift. Vermutlich habe ich sie verlegt.«

Sally lächelte. »Keine Sorge, Professor, ich werde sie schon wiederfinden!«

Mit dem Jeep fuhren sie in den Norden Australiens, wo es einen großen Regenwald gab. Dort hausten die unglaublichsten Tiere: Moschusrattenkängurus, immer hungrige Krokodile und natürlich die verschiedensten Gifttiere. Vor allen Dingen Schlangen und Spinnen. Sam und Mike trugen trotz der Hitze lange Hosen, über die sie sich ihre Socken gezogen hatten. Das sah zwar strebermäßig aus, dafür verhinderte es, dass ihnen etwas Giftiges in die Hose krabbeln konnte.

»Was hast du eigentlich alles in dem Rucksack, Paps?«, wollte Mike wissen, während sie in einem Jeep über eine unebene Straße holperten.

»Da ist ein Erste-Hilfe-Set für den Notfall drin und jede Menge Behälter für die Spinnen, die wir fangen werden.«

»Hätte ein großer Behälter nicht gereicht?«, fragte Sam.

Mikes Vater schüttelte den Kopf. »Spinnen sind Kannibalen.«

»Igitt! Die fressen sich wirklich gegenseitig auf?« Sam verzog angewidert das Gesicht.

»Manchmal.« Mikes Vater bog ab auf einen Parkplatz, auf dem bereits mehrere Touristenbusse standen.

Die drei stiegen aus dem Jeep. Der Regenwald ragte wie eine riesige grüne Wand vor ihnen auf. Die Bäume waren gigantisch hoch. Sam atmete tief ein. Es roch nach feuchter Erde und ein wenig nach Eukalyptus.

»Dürfen Sam und ich auch eine von den Spinnen einfangen?«, platzte Mike aufgeregt heraus.

»Hm, schauen wir mal. Trichternetz-

28

spinnen können sehr aggressiv sein.«

»Ach, komm schon, Paps! Wir werden auch ganz vorsichtig sein, okay?«

Der Professor seufzte. »Gut, solange es unser Geheimnis bleibt.«

Sam zwinkerte Mike zu, der nun wie ein Honigkuchenpferd grinste.

Im Gegensatz zu den Touristen benutzten sie nicht die üblichen Wanderwege, sondern folgten einem schmalen Pfad. Sam blickte sich mit großen Augen um. Sein Herz schlug jetzt

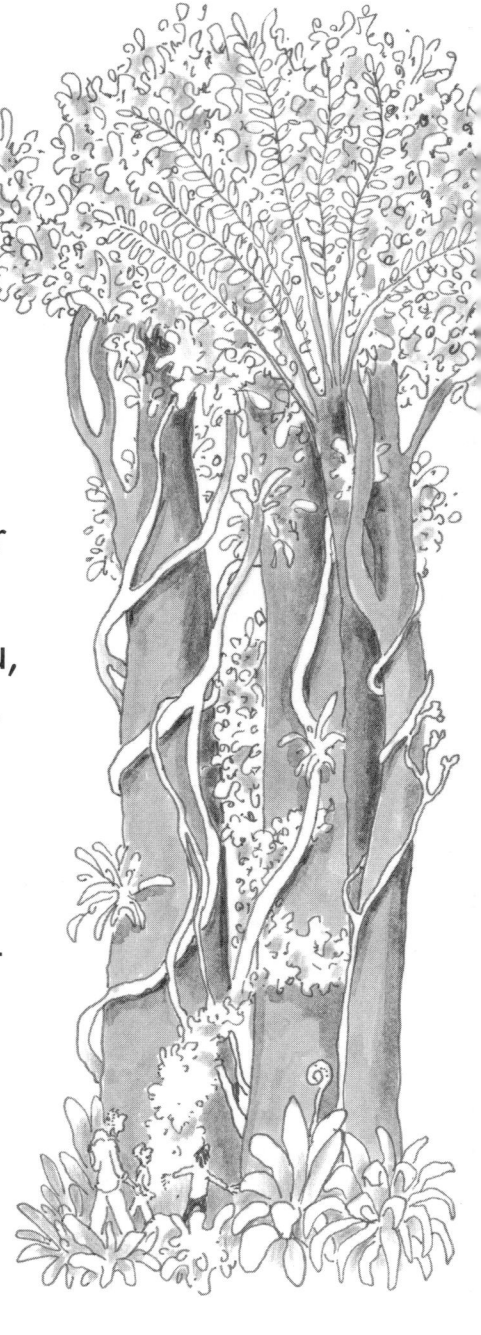

schneller. Es war unglaublich spannend hier. Überall hörte er Geräusche: das Schlagen großer Flügel oder ein unheimliches Keckern …

Bald verließen sie den Trampelpfad und traten hinaus ins dichte Unterholz. Nun waren sie von mannsdicken Baumstämmen und Riesenfarnen umgeben, die ihnen komplett die Sicht versperrten.

»Hier sieht es aus wie in dem Film über die fleischfressenden Dinosaurier«, raunte Mike, der plötzlich ziemlich blass aussah. »Erinnerst du dich?«

Natürlich erinnerte sich Sam daran und bekam eine Gänsehaut. Vielleicht war es doch keine so gute Idee gewesen, hierherzukommen.

In diesem Moment knackte es hinter ihnen im Dickicht.

INFO

In Australien werden jedes Jahr viele Menschen von giftigen Spinnen und Schlangen gebissen. Diese Bisse sind oft lebensgefährlich. Um zu überleben, braucht das Opfer ein Antiserum. Also ein Gegengift. Zur Herstellung des Gegengifts benötigt man in der Regel das Gift des Tieres, von dem das Opfer gebissen wurde.

INFO

RÄTSEL

Welche wilden Tiere leben
im Norden Australiens?
Tipp: Lies nur jeden
zweiten Buchstaben.

XSxCxHXLxAxNxGxEX

XEXLXEXFXAXNXT

XSxPXIXNXNXE

XKxÄXNXGUXRXU

XLxÖxWXE

XGXIXRXAXFXE

Auf Spinnenjagd

Die Farnwedel flogen auseinander und die Jungen schrien entsetzt auf. Im nächsten Moment atmeten sie jedoch erleichtert aus. Es war nur eine Rangerin.

»Ach, Professor, Sie sind es«, begrüßte die Wildhüterin Mikes Vater freundlich. »Ich dachte schon, ich hätte wieder ein paar vorwitzige Touristen aufgegabelt, die sich abseits der Wege tummeln.« Sie lächelte den Jungen zu. »Wie ich sehe, haben Sie Verstärkung mitgebracht.«

»Mein Sohn Mike und sein Freund Sam. Wir sind auf Spinnenjagd.«

»Verstehe«, sagte die Rangerin. »Na, dann will ich nicht länger stören.« Sie lüftete kurz ihren Abenteurerhut und verschwand gleich darauf wieder zwischen den Riesenfarnen.

»Kommt schon weiter, Jungs«, sagte Mikes Vater. »Ganz in der Nähe gibt es eine Stelle, die ist ideal für Trichternetzspinnen.«

Bald darauf standen die drei am Rande einer Lichtung.

»Wir müssen auf die andere Seite. Dort habe ich schon des Öfteren Trichternetzspinnen beobachtet«, erklärte der Professor. »Ab jetzt werdet ihr nur noch tun, was ich euch sage, klar?«

Die Jungen nickten.

Mikes Vater deutete auf ein großes Stück verrottende Baumrinde. »Auf keinen Fall drauftreten!« Er hob einen Ast

vom Boden auf und stieß damit gegen die Rinde. Blitzartig schoss ein bräunlicher Schlangenkopf darunter hervor und fauchte sie wütend an.

»Arrgh«, stieß Sam aus. Schlangen konnte er überhaupt nicht leiden.

»Eine Braunschlange. Die verstecken sich gerne an solchen Plätzen«, sagte Mikes Vater. »Ein einziger Biss kann tödlich sein.«

Sie machten einen großen Bogen um das Versteck der Schlange und erreichten die andere Seite der Lichtung. Hier gab es mehrere umgestürzte Bäume. Die Stämme waren teilweise mit Flechten, Schlingpflanzen und Baumpilzen überwuchert.

»Trichternetzspinnen lieben morsche Baumstämme«, erklärte Mikes Vater.

Sofort sah Sam sich nach allen Seiten um. Aber er konnte nichts Verdächtiges entdecken.

Der Professor, der seinen erschrockenen Blick bemerkt haben musste, lächelte. »Trichternetzspinnen weben keine Netze. Sie nisten sich in Erdlöchern ein oder in Spalten im Holz morscher Bäume. Diese kleiden sie dann mit einem trichterförmigen Gespinst aus.«

»Sie bauen also kein Netz, um Insekten zu fangen?«, fragte Mike.

»Oh nein, Trichternetzspinnen stellen raffinierte Fallen.« Der Professor nickte bestätigend. »Sie spannen dünne Fäden rings um ihr Versteck. Sobald ein Tier einen dieser Fäden berührt, stürzen sie aus ihrer Höhle und schnappen sich die Beute. Anschließend töten sie sie mit ihrem Gift. Genau wie alle anderen Spinnen auch.«

Sam schluckte.

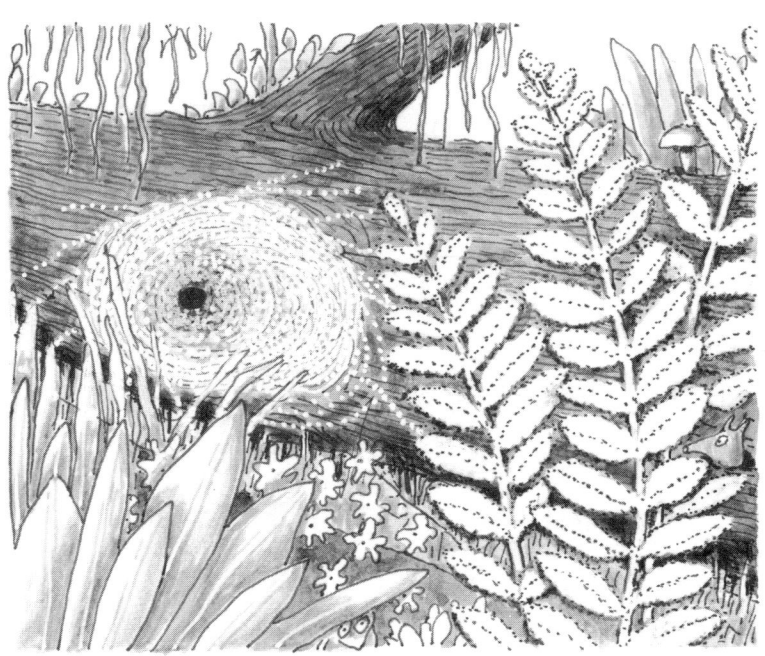

»Kommt mal her!« Mikes Vater deutete auf ein feines Gespinst, das an einem der umgestürzten Bäume klebte. »Sehr ihr, das ist das Versteck einer Trichternetzspinne«, fuhr der Professor fort. »Die Spinne baut es aus Spinnenseide, die sie selbst herstellt. Manche Arten weben daraus ein Netz, andere höhlenartige Verstecke, in denen sie ihrer Beute auflauern.«

»Wow«, murmelte Sam beeindruckt.

»Gleich werden wir wissen, ob die Trichternetzspinne zu Hause ist«, erklärte Mikes Vater und holte ein rundes Glas aus seinem Rucksack.

»Darf ich?«, bettelte Mike.

Der Professor seufzte. »Du musst es blitzschnell über sie stülpen. Schaffst du das?«

»Klar doch«, erklärte Mike großspurig.

Sein Vater zog ein Messer aus seinem Gürtel. »Bereit, Sohn?«

Mike nickte und schraubte den Deckel vom Glas.

Das Herz von Sam begann schneller zu schlagen, als der Professor sich vorbeugte und mit der Messerspitze vorsichtig am Gespinst zupfte. Hoffentlich ging das gut!

Die Spinne schoss wie eine Pistolenkugel aus ihrem Versteck. Groß, schwarz und haarig. Die langen Vorderbeine hatte sie in die Luft gereckt, als wollte sie Mike geradewegs ins Gesicht springen. Mit einem entsetzten Aufschrei ließ der das Glas fallen und floh in sichere Entfernung. Der Professor reagierte sofort. Er griff nach dem Glas und stülpte es über die Spinne. Anschließend schraubte er mit einem sehr zufriedenen Lächeln

den Deckel wieder drauf. »Ein Pracht-
exemplar.«

Sam gab einen erstickten Laut von
sich.

»Was hast du denn, Junge?«, fragte
Mikes Vater erstaunt.

»Nicht ... nicht bewegen«, röchelte
Sam. »Da krabbelt etwas Ihren Rücken
hoch.«

Es war eine Spinne, aber keine Trichternetzspinne. Vielmehr sah sie wie eine fingernagelgroße Zecke aus und hatte einen leicht rötlich schimmernden Hinterleib.

Mikes Vater war zur Salzsäule erstarrt. »Nicht anfassen«, zischte er. »Schnapp dir eines der Gläser aus meinem Rucksack und fang sie damit ein. Traust du dir das zu?«

Sam nickte langsam.

»Was ist los?«, fragte Mike, der besorgt näher gekommen war.

Kurz bevor die Spinne im Kragen von Mikes Vater verschwinden konnte, erwischte Sam sie.

Der Professor erbleichte. »Eine Rotrückenspinne! Zum Glück sind sie außerhalb ihres Netzes ziemlich ungeschickt.«

»Ist sie gefährlich?«, fragte Mike mit großen Augen.

»Und wie«, seufzte sein Vater. Dann reichte er Sam die Hand. »Alle Achtung, Junge. Das war sehr mutig von dir.«

INFO
Trichternetzspinnen sehen aus wie kleine Vogelspinnen. Sie sind schwarz und haarig, meist jedoch nur zweieinhalb bis vier Zentimeter groß. Diese Spinne gilt als besonders angriffslustig. Sie injiziert ihrer Beute ein besonders wirksames Gift, damit diese nicht mehr flüchten kann. Dieses Gift ist auch für Menschen gefährlich! Seit Anfang der Achtzigerjahre gibt es ein Gegenmittel, das jedoch innerhalb von fünfzehn Minuten verabreicht werden muss.

Welche dieser Spinnen gibt es nicht?
Tipp: Die Wörter sind rückwärts
geschrieben.

Wer telefoniert
um Mitternacht?

Nachdem sie genug Spinnen eingefangen hatten, machten sich Sam, Mike
und sein Vater auf den Rückweg. Die
Sonne stand bereits tief am Himmel, als
sie auf der Spinnenfarm ankamen. Rasch
brachten sie die neuen Spinnen ins Labor, wo sie am nächsten Morgen gemolken würden.

»Genau rechtzeitig zum Abendes-
sen«, begrüßte sie Mikes Mutter, als sie
kurz darauf die Küche betraten. »Ich
habe uns gerade Spaghetti Bolognese
gekocht.«

In diesem Moment ging die Küchen-
tür auf und Sally und der neue Praktikant
traten ein.

»Meine Nase hat
mich also nicht ge-
täuscht.«

Joshua warf ei-
nen gierigen Blick
in den Topf. »Ich
bin schon am Ver-

hungern.« Als er Sam entdeckte, grinste
er zu ihm rüber. »Hey, Kleiner, lange
nicht gesehen!«

Sam funkelte ihn böse an.

Während sie aßen, berichtete Mikes
Vater ausführlich von ihrer Spinnenjagd
und davon, wie Sam ihn gerettet hatte.

»Eine echte Rotrückenspinne.« Joshua
schien beeindruckt. »Ihr Gift ist bestimmt ziemlich wertvoll, oder?«

Der Professor, der gerade den Mund voll hatte, nickte nur.

Als sie satt waren, gingen die beiden Jungen in Mikes Zimmer.

Da Sam bei Mike übernachtete, stand einer langen *Monsterspinnen III*-Nacht nichts im Weg.

»Zum Glück ist morgen Sonntag und wir können ausschlafen«, sagte Mike fröhlich.

Als die beiden das nächste Mal auf die Uhr schauten, war es bereits kurz vor Mitternacht.

»Schon so spät?«, murmelte Mike.

Auch Sam gähnte.

Doch in der nächsten Sekunde erstarrten die beiden. Waren das Schritte draußen auf dem Flur? Um diese Zeit? Sam warf seinem Freund einen fragenden Blick zu.

»Lass uns mal nachschauen«, flüsterte Mike.

Die beiden schlichen zur Tür und öffneten sie einen Spaltbreit. Vom Erdgeschoss schimmerte ein Lichtschein zu ihnen herauf.

Mike biss sich auf die Unterlippe. »Wir gehen nachsehen, okay? Nicht, dass es Einbrecher sind.«

Die beiden eilten auf Zehenspitzen die Treppe hinab und lugten vorsichtig um die Ecke.

Der Schein kam aus dem Wohnzimmer, in dem Joshua gerade telefonierte. Dabei schaute er sich nervös um.

»Lass uns näher rangehen«, meinte Sam neugierig.

Fest an die Wand gedrückt schoben sie sich durch den dunklen Flur, bis sie Joshua verstehen konnten.

»... hasse Spinnen, aber für dich würde ich alles tun«, hörten sie ihn ins Telefon murmeln. »Ja, ich weiß, wir müssen auf der Hut sein, sonst kommt uns der Professor auf die Schliche. Also, sehen wir uns morgen früh?« Es folgte eine kurze Pause. »Okay, bis um zehn dann«, sagte Joshua und beendete das Gespräch.

Sam und Mike schlichen wieder in ihr Zimmer zurück. Sobald sie die Tür hinter sich geschlossen hatten, fragte Sam düster: »Wer arbeitet schon freiwillig auf einer Spinnenfarm, wenn er Spinnen hasst?«

Mike nickte. »Du hattest von Anfang an recht. Mit diesem Joshua stimmt irgendetwas nicht.«

INFO

Viele Menschen haben wahnsinnige Angst vor Spinnen. Panisch springen sie auf Stühle oder fliehen aus dem Zimmer, wenn sie auch nur die kleinste Spinne entdecken. Man nennt diese Angst Arachnophobie (Spinnenangst). Die Menschen, die ihre Furcht vor Spinnen überwinden wollen, können eine Therapie machen. Dabei werden ihnen Vogelspinnen auf die Hand gesetzt, um ihnen zu zeigen, dass die Berührung einer Spinne gar nicht so schlimm ist.

INFO

Auf welchem Weg fahren die beiden Jungen von ihrem Ausflug nach Hause?

Ausbruch der Rotrückenspinne

Sam, Mike und der Professor aßen gerade ihre Frühstücksflocken, als Mikes Mutter in die Küche gestolpert kam. Sie war blass wie ein Gespenst.

»Wie siehst du denn aus, Ma?«, fragte Mike erschrocken.

»Die Rotrückenspinne ist fort!« Sie schlug die Hände über dem Kopf zusammen. »Wenn sie getürmt ist, wäre das eine Katastrophe.«

Sofort war Mikes Vater auf den Beinen. »Keine Sorge, wir werden sie schon wiederfinden.« An die Jungen gewandt

fügte er hinzu: »Ihr bleibt hier. Je mehr Leute im Labor herumlaufen, desto größer ist die Gefahr, dass einer gebissen wird.«

Kaum hatten sie die Küche verlassen, flog die Tür erneut auf und Sally kam herein.

»Ich möchte mal wissen, was mit Joshua los ist«, schimpfte sie und goss sich einen Kaffee ein. »Gerade komme ich von meinem Morgenspaziergang zurück, da rennt er mich fast über den Haufen, springt in seinen Jeep und braust davon. Unverschämter Kerl!«

Sam sah auf die Uhr. Neun Uhr fünfundfünfzig. War Joshua nicht um zehn verabredet?

»Wo sind denn deine Eltern?«, fragte Sally im nächsten Moment.

Mike erzählte ihr von der Rotrückenspinne.

»Oh Schreck«, murmelte Sally. »Ich sollte ihnen helfen!«

»Besser nicht«, meinte Sam. »Sie wollten lieber zu zweit nach ihr suchen.«

»Hm, na gut«, sagte Sally besorgt.

Sobald die beiden Jungen wieder alleine waren, fragte Sam: »Findest du es nicht auch einen komischen Zufall, dass die Rotrückenspinne ausgerechnet dann verschwindet, wenn Joshua einen wichtigen Termin hat?«

»Du denkst, er hat sie gestohlen?«, fragte Mike skeptisch.

»Ist denn vorher schon mal eine eurer Spinnen ausgebrochen?«

Mike runzelte die Stirn und schüttelte dann den Kopf.

»Siehst du! Und ich habe den Deckel gestern fest aufs Glas geschraubt. Von selbst kann die Spinne unmöglich rausgekommen sein.«

Mike riss die Augen auf. »Hat Paps nicht auf meiner Geburtstagsfeier gesagt, dass er eine Ampulle mit Braunspinnengift vermisst?«

»Denk nur an das Telefonat von heute Nacht. Joshua sagte, dass er aufpassen muss, damit dein Vater ihm nicht auf die Schliche kommt. Ich wette, er hat das Gift und die Spinne geklaut und bringt sie gerade seinem Komplizen!«

»Der beides dann für viel Geld ver-
kaufen wird.« Mike schnaubte wütend.
»Ich werde jetzt alles meinem Paps erzählen!«

»Nein, warte!«, rief Sam, als Mike
schon losflitzen wollte. »Erst brauchen
wir Beweise, sonst glaubt uns doch niemand!«

INFO
Rotrückenspinnen sind extrem giftig. Sie werden
ein bis zwei Zentimeter groß und können daher
leicht übersehen werden. In der Regel ist ihr
kugeliger Hinterleib schwarz gefärbt und weist
einen roten Streifen oder rote Flecken auf. Rotrückenspinnen gehören zur Gattung der Schwarzen
Witwen. Wer von ihnen gebissen wird, muss
sofort zum Arzt.

Joshua hat es sehr eilig.
Er rennt schnell zum Auto. Was hat sich alles
innerhalb kurzer Zeit verändert?

RÄTSEL

Der Komplize

Am nächsten Morgen schlichen Sam und Mike den Flur entlang zu Joshuas Zimmer. Bestimmt würden sie darin die Beweise finden.

Im Zimmer von Joshua herrschte das reinste Chaos. Die beiden Jungen schauten überall nach, auf dem Boden zwischen den alten Socken, in den Schubladen und im Kleiderschrank, aber sie fanden nicht den kleinsten Hinweis. Plötzlich hörten sie Schritte. Panisch sahen sie sich nach einem Versteck um und schlüpften in letzter Sekunde unter das Bett. Die Tür ging auf und jemand betrat das Zimmer.

»Das ist ja seltsam. Ich dachte, ich hätte abgeschlossen«, sagte Joshua verwundert. »Warte mal, ich mache kurz die Tür zu, dann können wir ungestört reden. Also, warum rufst du an?« Joshua schwieg und lauschte. »Du willst dich heute mit mir treffen? Klar, ich komme nach Feierabend zu dir und dann besprechen wir alles Weitere, okay?«

»Joshua! Wo steckst du?«, hallte Sallys Stimme ungeduldig durch das Haus.

»Der Professor will, dass du dich um die Futtertiere kümmerst. Sie müssen sauber gemacht werden und brauchen frisches Wasser!«

»Igitt«, brummte Joshua und stapfte aus dem Zimmer.

Die Jungen krochen unter dem Bett hervor.

»Hast du das gehört?« Sam schürzte die Lippen.

Mike kniff die Augen zusammen. »Du planst doch was.«

Sam grinste. »Was hältst du davon: Wir verstecken uns auf der Ladefläche seines Jeeps und fahren heimlich mit. So finden wir sicher heraus, wen er trifft.«

»Superidee!«

Kurz bevor Joshua Feierabend hatte, liefen Sam und Mike schnell nach unten. Joshuas Geländewagen stand nur we-

nige Meter vom Haus entfernt. Die beiden schauten sich nach allen Seiten um. Niemand war zu sehen. Also flitzten sie rasch zum Jeep und kletterten auf die Ladefläche. Dort herrschte ebenfalls ein großes Chaos. Kisten, Werkzeug und anderes Gerümpel lagen kreuz und quer herum.

In einem verbeulten Karton entdeckte Sam eine dunkelgrüne Plane. »Wir können uns darunter verstecken«, schlug er vor.

Die beiden schafften ein wenig Platz auf der Ladefläche, legten sich hin und warfen die Plane über sich. Es dauerte nicht lange, bis sie merkten, dass das keine so gute Idee gewesen war. Schnell wurde ihnen heiß und auch die Luft wurde stickig. Gerade als Sam die Plane hochreißen wollte, sprang der Motor des Jeeps an. Joshua! Sie hatten ihn gar nicht kommen hören.

»Festhalten«, murmelte Mike.

Es wurde eine ziemlich ungemütliche Fahrt. Joshua ließ kein einziges Schlagloch aus. Dann hielt der Wagen plötzlich und Sam stieß einen erleichterten Seufzer aus. Gleich darauf hörten sie eine Wagentür zuschlagen. Vorsichtig hoben die beiden die Köpfe und schauten sich nach Joshua um. Er lief gerade einen Hügel hinauf. Dort stand eine blonde

Frau mit zwei Pferden. Joshua küsste die Fremde zur Begrüßung.

»Bäh«, machte Mike.

Sam kniff seine Augen zusammen. »Hey«, sagte er im nächsten Moment. »Das ist doch die Rangerin aus dem Regenwald!«

INFO

Da Spinnen Jäger sind, ernähren sie sich von lebender Beute. Meistens von Insekten wie zum Beispiel von Käfern, Grillen, Schaben und Heuschrecken. Die Trichternetzspinne mag es gerne abwechslungsreich und frisst auch Schnecken und Eidechsen. Manchmal sogar kleine Vögel, wenn sie sie erwischt. Auf einer Spinnenfarm werden die Futtertiere gezüchtet, weil es zu viel Zeit kosten würde, sie in der Natur einzufangen. Insbesondere, wenn viele Tausend Spinnen regelmäßig versorgt werden müssen.

Schau dir die Ausschnitte genau an und suche sie im Bild. Schreibe die passenden Buchstaben nacheinander auf ein Blatt.
Welches Lösungswort ergibt sich?

RÄTSEL ?

Spinnenbiss

»Mannmannmann, das erklärt echt eine Menge«, stöhnte Mike. »Paps kennt die Rangerin doch und daher weiß sie, dass er eine Spinnenfarm hat. Bestimmt war es ihre Idee, Joshua bei uns einzuschleusen.«

»Oh nein«, murrte Sam, als Joshua und die Rangerin fortritten.

»Was machen wir jetzt?«, fragte Mike ratlos.

»Wir könnten hier warten, bis Joshua zurückkommt«, sagte Sam.

»Das könnte zu lange dauern.« Mike

schüttelte den Kopf. »Niemand weiß, wo wir sind. Zu Hause werden sie sich bestimmt Sorgen machen.«

Sam seufzte. »Dann müssen wir wohl zu Fuß zurückgehen!«

Mit langen Gesichtern traten die beiden den Heimweg an. Es war ein ziemlich anstrengender Marsch, denn es war so heiß, dass selbst die Luft vor Hitze flimmerte. Ringsherum war das Land verdorrt – nichts als gelbes Gras und blattlose Dornenbüsche. Typisch für das australische Outback.

Sam wurde immer niedergeschlagener. Über eine Stunde folgten sie jetzt schon der staubigen Straße, ohne dass die Spinnenfarm in Sichtweite gekommen wäre.

»Ich habe Durst!« Mikes Kopf war knallrot von der Hitze.

Sam schluckte. Sein Rachen fühlte sich an wie Schmirgelpapier. »Wir hätten was zu trinken mitnehmen sollen«, krächzte er.

»Wir schaffen es nie bis nach Hause«, erklärte Mike.

In dem Moment hörten sie ein bedrohliches Knurren hinter sich.

Sam und Mike wirbelten herum und standen einem Dingo gegenüber. Einem Wildhund. Er war so groß wie ein Pony und fletschte angriffslustig seine langen Zähne.

»Ich glaube, der hält uns für zwei Appetithäppchen«, stöhnte Mike ängstlich.

»Wir müssen auf den Baum dort drüben klettern«, zischte Sam, ohne den Hund aus den Augen zu lassen. »Bei drei! Eins – zwei – drei.«

Die Jungen rannten querfeldein auf den Baum zu. Der Dingo war ihnen ganz dicht auf den Fersen. Mike erreichte den Baum als Erster, kletterte hoch und streckte dann die Hand nach Sam aus. Der stieß sich vom Boden ab und bekam Mikes Hand gerade noch zu fassen. Unter ihm schnappten die Kiefer des

Wildhundes mit einem malmenden Geräusch ins Leere.

»Danke«, keuchte Sam atemlos. Mike, der ebenfalls noch nach Luft japste, nickte nur.

Nun waren sie zwar in Sicherheit, doch der Wildhund schien nicht bereit zu sein, seine Beute aufzugeben. Eine halbe Ewigkeit sprang er knurrend und kläffend an dem Baum hinauf, bevor er endlich enttäuscht davontrottete.

»Schau mal!« Mike deutete zur Straße, auf der ein vorbeijagender Jeep eine Menge Staub aufwirbelte.

Sams Miene verfinsterte sich. »Mist. Joshua.«

Wenigstens wussten sie jetzt, dass die Straße tatsächlich nach Hause führte. Nachdem die Jungen sich nach allen Seiten umgeschaut hatten und den Wild-

hund nirgends mehr entdecken konnten, kletterten sie vom Baum hinunter.
Nach einem ewig langen Fußmarsch
kamen sie auf der Spinnenfarm an.

»Mir reicht's«, erklärte Mike und trat
zornig nach einem Kiesel. »Beweise hin
oder her. Ich werde den Mistkerl jetzt
zur Rede stellen!«

»Aber lass uns vorher noch etwas
trinken!«

Die Jungen stürzten in die Küche.
Dort leerte jeder von ihnen eine halbe
Flasche Wasser, ohne abzusetzen.

Doch plötzlich runzelte Sam die Stirn.
»Es ist so ruhig«, sagte er misstrauisch.

Mike stellte seine Wasserflasche auf
den Tisch. »Ma, Paps – wo seid ihr?«

Schweigen.

»Sally?«, versuchte es Sam.

Wieder erhielten sie keine Antwort.

Sam schluckte. Diese Stille war ihm nun doch ein wenig unheimlich.

»Komm, lass uns nach den anderen suchen«, drängte Mike, der plötzlich ganz blass im Gesicht war. »Irgendetwas stimmt hier nicht!«

Auf leisen Sohlen schlichen die Jungen im Haus umher. Doch alle Zimmer waren leer. Also liefen sie hinüber zum Labor. Vorsichtig öffneten sie die Tür und blieben wie angewurzelt stehen. Inmitten von Glasscherben lag Joshua auf dem Boden. Seine Augen waren ver-

dreht, sodass nur noch das Weiße zu sehen war. Außerdem zitterte er am ganzen Körper – und eine große Trichternetzspinne krabbelte ihm über die Brust!

»Oh nein«, hauchte Mike entsetzt. »Das Vieh muss ihn gebissen haben!«

Die beiden Jungen sind im Baum in Sicherheit. Welche Wörter lassen sich mit BAUM zusammensetzen?

TANNEN
TISCH
STAMM
HAUS
FISCH
LAMPE

BAUM

RÄTSEL ?

Gegengift

Sam reagierte blitzschnell. Er schnappte sich aus dem Regal ein leeres Glas und fing damit die Spinne ein. »Hab sie!«, rief er. Fast hätte er das Glas wieder fallen lassen, als er hinter sich gedämpfte Hilferufe hörte.

»Das sind Ma und Paps«, keuchte Mike und eilte zu einem Wandschrank. Kaum hatte er den Schlüssel umgedreht, sprang die Tür auf und seine Eltern purzelten heraus. »Was ist passiert?«, wollte Mike wissen.

Sein Vater schaute sich mit großen

Augen um, dann fiel sein Blick auf Joshua. »Oh Gott«, murmelte er und sank neben ihm auf die Knie, um den Puls zu fühlen.

»Eine Trichternetzspinne hat ihn gebissen.« Sam hielt dem Professor die gefangene Spinne hin.

Der Professor nickte angespannt. »Ich brauche sofort das Gegengift.«

»Ich hole es!« Mikes Mutter stürzte zum Kühlschrank. Kaum hatte sie ihn geöffnet, stieß sie einen schrillen Schrei aus. »Er ist leer. Alle Gegengifte sind verschwunden!« Sie schlug die Hände über dem Kopf zusammen, während sich Tränen in ihren Augen sammelten.

Sam fluchte. »Joshua muss sie irgendwo versteckt haben. Bestimmt in seinem Jeep. Und als er auch noch die Spinnen holen wollte, ist ihm das Glas runtergefallen und er wurde gebissen.«

Der Professor starrte ihn irritiert an. »Joshua? Wovon redest du? Es war Sally, die uns in den Schrank gesperrt hat. Joshua wollte uns sogar helfen.«

»Was?« Sam blinzelte ungläubig.

In dem Moment hörten sie das Knattern von Sallys altem VW-Bus, dessen Motor mal wieder nicht anspringen wollte.

»Sie ist noch da!«, rief Mike.

»Das Gegengift«, stieß seine Mutter aus. »Schnell – bevor es für Joshua zu spät ist!«

Sam und Mike rannten nach draußen. Eine schwarze Rauchwolke stob aus dem Auspuff des VW-Bus. Im nächsten Moment ging die Fahrertür auf und eine fluchende Sally sprang heraus. »Verdammte Schrottkarre!«

»Wo ist das Gegengift?«, schrie Sam wütend.

»Du gemeine Betrügerin!«, rief Mike.

Sally schaute die beiden Jungen erschrocken an. »Wo kommt ihr denn her?« Schnell drehte sie sich um und hechtete zu Joshuas Jeep. Mit einem Satz war sie drin und fuhr los. Joshua musste den Schlüssel stecken gelassen haben. Sam und Mike starrten Sally wütend hinterher. Doch Sally musste ihre Geschwindigkeit unterschätzt haben. Denn als sie in die Kurve ging, rutschte der Jeep plötzlich zur Seite weg und Sally knallte mit voller Wucht gegen einen der Torpfosten.

Sam und Mike zuckten zusammen.

»Habt ihr das Gegengift?«, rief Mikes Mutter hinter ihnen. Sofort erwachten die beiden Jungen aus ihrer Starre und

durchsuchten Sallys VW-Bus. Es dauerte
nicht lange, bis sie die richtige Ampulle
gefunden hatten. Rasch brachten sie sie
dem Professor.

»In allerletzter Sekunde«, murmelte
dieser und spritzte dem totenbleichen
Joshua das Gegengift.

INFO

Erste Hilfe bei einem Spinnenbiss: Das Opfer muss sofort in ein Krankenhaus gebracht werden, wo ihm das Gegengift gespritzt wird. Bei einem Biss durch eine Trichternetzspinne sollte über der Bissstelle ein Druckverband angelegt werden, damit sich das Gift nicht im Körper verteilen kann. Bei einem Biss durch eine Rotrückenspinne ist das nicht nötig, da sich ihr Gift nur langsam ausbreitet. Außerdem würde ein Druckverband die heftigen Schmerzen um die Bisswunde herum nur verstärken.

Schau genau!
Welche Dinge gehören eigentlich nicht in ein Labor?

RÄTSEL ?

Joshuas Geheimnis

Nachdem Sam und Mike hinausgelaufen waren, um Sally aufzuhalten, hatte der Professor sofort zum Telefon gegriffen und die Polizei gerufen.

Nun saß Sally in Handschellen auf der Rückbank eines Streifenwagens. Auch Joshua war inzwischen außer Lebensgefahr und auf dem Weg ins Krankenhaus.

»Dann erzählen Sie mir jetzt mal ganz genau, was passiert ist«, forderte der Polizist den Professor auf. Alle saßen in der kleinen Küche der Farm zusammen.

Mikes Vater räusperte sich. »Seit einigen Wochen sind immer wieder Giftampullen verschwunden. Zuerst dachte ich, ich hätte sie verlegt. Aber als meine Frau und ich vorhin ins Labor kamen, erwischten wir unsere Assistentin, wie sie sich die Taschen mit Gegengiften und Giftfläschchen vollstopfte. Einige davon sind Zehntausende Dollar wert.« Mikes Vater machte eine kurze Pause. »Sally drohte, eines der Regale mit Giftspinnen umzustoßen, wenn wir nicht tun würden, was sie sagt. Die meisten davon sind unglaublich gefährlich. Gar nicht auszudenken, wenn sie ausgebrochen wären.« Er seufzte. »Sally zwang uns, in den Wandschrank zu steigen, und schloss dann ab.« Der Professor schüttelte missbilligend den Kopf. »Aber gerade als Sally verschwinden wollte, hörten wir, wie Joshua das Labor betrat. Wir riefen natürlich sofort um Hilfe. Was dann geschah, kann ich nur vermuten.«

Der Polizist machte sich eifrig Notizen. Anschließend nickte er auffordernd. »Nur zu, Professor.«

»Sally muss sich eines der Spinnengläser aus dem Regal gegriffen und auf Joshua geschleudert haben. Das Glas

ging dabei zu Bruch und die befreite Spinne biss sofort zu.«

»Eine schlimme Sache«, sagte der Polizist kopfschüttelnd und erhob sich. »Nun ja, von der guten Sally werden sie erst einmal nichts mehr hören. Der Richter wird sie ganz bestimmt ins Gefängnis stecken.«

»Dort gehört sie auch hin«, erklärte Mikes Mutter schniefend. »Der arme Joshua wäre ihretwegen beinahe gestorben.«

Ein paar Tage später besuchten Sam, Mike und seine Eltern Joshua im Krankenhaus. Der Medizinstudent wollte sich bei den Jungen bedanken, da sie ihm das Leben gerettet hatten.

Sam und Mike waren auf das Wiedersehen mit ihm richtig gespannt. Es gab da nämlich noch ein paar wichtige Fragen, die sie Joshua unbedingt stellen wollten.

»Warum arbeitest du eigentlich auf einer Spinnenfarm, wenn du Spinnen nicht leiden kannst?«, platzte Sam heraus, kaum dass sie das Krankenzimmer betreten hatten.

»Ihr wisst davon?«, fragte Joshua überrascht und seufzte. Gleich darauf beichtete er ihnen die ganze Geschichte. »Es stimmt, ich habe Spinnen früher gehasst«, gestand er kleinlaut. »Aber diese Praktikumsstelle war meine einzige Möglichkeit, in Julys Nähe zu sein, ohne dass mein Vater misstrauisch wird.«

»July ist die Rangerin, nicht wahr?«, vermutete Mike. »Wir haben heimlich beobachtet, wie du sie draußen im Outback getroffen hast.«

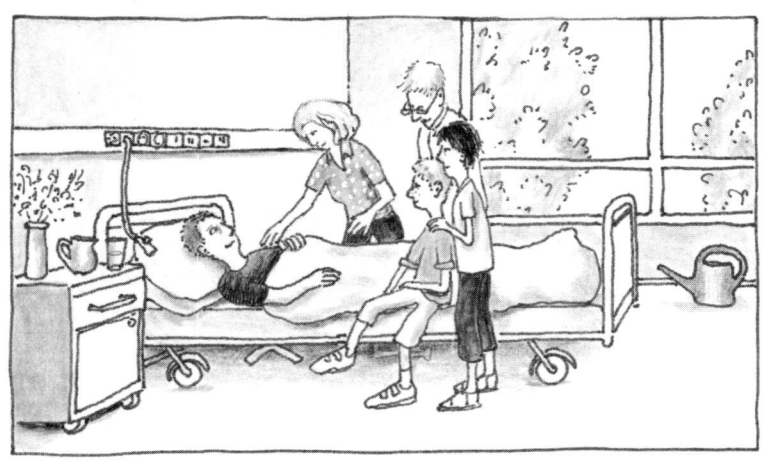

Joshua blinzelte erstaunt. »Ihr zwei seid aber ganz schön pfiffig.«

»Jetzt verstehe ich!«, rief der Professor aus. »Ich erinnere mich, dass ich July vor ein paar Wochen erzählt habe, dass ich einen freien Praktikumsplatz hätte.« Er schüttelte verwundert den Kopf. »Aber warum machen Sie ein solches Geheimnis aus Ihrer Beziehung?«

»Mein Vater findet, dass ein zukünftiger Arzt sich nicht mit einer einfachen

Rangerin abgeben sollte«, sagte Joshua traurig. »Also haben wir beschlossen, uns nur noch heimlich zu treffen.« Er ließ die Schultern hängen. »Aber nach dieser Sache wird eh alles rauskommen.«

Mike starrte Joshua an, als wäre dieser verrückt geworden. »Du bist doch längst erwachsen und kannst tun und lassen, was du willst!«

»Ja, schon«, druckste Joshua herum. »Aber mein Vater bezahlt mein Studium. Wenn er wüsste, dass ich July weiterhin sehe, würde ich keinen müden Dollar mehr von ihm bekommen.« Er warf Mikes Vater einen flehenden Blick zu. »Wenn ich weiter auf der Spinnenfarm arbeiten könnte, würde ich mein eigenes Geld verdienen, und dann kann mir egal sein, was mein Vater denkt.«

»Aber was ist mit Ihrer Angst vor Spinnen?«, warf Mikes Mutter ein.

Joshua zuckte mit den Schultern. »Ich glaube, ich habe mich langsam an diese Krabbelviecher gewöhnt.«

»Dann haben wir ja genau das richtige Geschenk für dich.« Sam zog etwas aus der Hosentasche und warf es auf Joshuas Bett. Der stieß einen erschrockenen Schrei aus, als eine schwarze Spinne

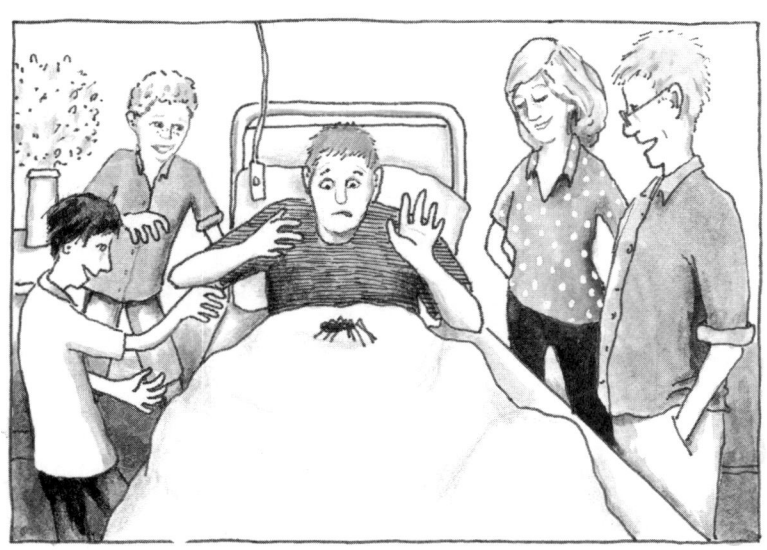

direkt auf seinem Bauch landete. Doch im nächsten Augenblick grinste er. »Eine Gummispinne! Da habt ihr mich aber ganz schön reingelegt!«

»Ein bisschen Angst im Umgang mit Giftspinnen hat noch nie geschadet«, sagte Mikes Vater. »Wer keinen Respekt vor ihnen hat, wird schnell leichtsinnig. Also schön, melden Sie sich, sobald es Ihnen wieder besser geht.«

»Vielen herzlichen Dank, Professor.« Joshua schüttelte Mikes Vater eifrig die Hand.

»Und nicht vergessen«, fügte Sam grinsend hinzu. »Wo diese Gummispinne herkommt, gibt es noch viele andere. Also immer schön die Augen offen halten!«

Dann brachen alle fünf in schallendes Gelächter aus.

INFO

Es gibt nicht nur Menschen, die sich vor Spinnen ekeln. Es gibt auch jede Menge Menschen, die von ihnen genauso fasziniert sind wie Sam. Aus diesem Grund erfreuen sich Spinnen – besonders Vogelspinnen – immer größerer Beliebtheit als Haustiere. Vogelspinnen brauchen nicht viel Platz und können in einem kleinen Terrarium gehalten werden. Sie müssen es nur schön warm haben und benötigen natürlich Lebendfutter. Vorwiegend Insekten. Aber Vorsicht: Spinnen sind sehr intelligent und wahre Ausbruchskünstler.

INFO

93

Im Labor sind die Spinnen ausgebrochen. Wie viele Spinnen siehst du hier?

RÄTSEL **?**

Auflösungen:

S. 14: Spinne C und Spinne O sehen genau gleich aus.

S. 22: Lösungswort: Giftspinne.

S. 32: Diese Tiere leben im Norden Australiens: Schlange, Spinne, Känguru.

S. 45: Die Wäschespinne gibt es nicht.

S. 52: Sie fahren auf dem Weg 4 nach Hause.

S. 59:

S. 66: Lösungswort: Spinnenfarm.

S. 75: Diese Wörter lassen sich mit BAUM zusammensetzen: TannenBAUM, BAUMstamm, BAUMhaus.

S. 83: Diese Dinge gehören nicht in ein Labor: Kuh, Geige, Ball, Hai, Feder, Salatkopf, Ente.

S. 94: Hier sind 27 Spinnen ausgebrochen.